超有趣！看漫畫學三國成語

1 董卓亂政・群雄割據

郭珮涵——著
李文成——審訂

成語是中國傳統文化的瑰寶，其中包含著豐富深厚的文化底蘊。它們帶著歷史的溫度，一路走來，走進了我們的生活。

成語多為四字，也有五字甚至七字及以上。它們字字珠璣，語意凝練，幾乎每則成語都蘊藏著古人的哲思。對於孩子來說，越早學習成語，就能越早體會古人的智慧，懂得人生的哲理。

但是，絕大部分的成語都有其自身的典故和出處，如果只把這些成語硬生生的擺在孩子眼前，孩子也很難學以致用。所以，為了讓小朋友喜歡上成語及其背後的故事，真正學會並能在具體的語境裡準確使用成語，我們精心編著了這套書籍。

三國是中國歷史上一段重要而獨特的時期，其間湧現出許多風雲人物，發生過無數場波瀾壯闊的戰爭和故事，歷史學家用手中的筆記錄下了這段歷史。

本書主要以西晉史學家陳壽的《三國志》及東晉史學家裴松之為之作的注、南朝宋史學家範曄的《後漢書》，與文學家劉義慶的《世說新語》，以及元末明初小說家羅貫中的《三國演義》等典籍為依據，選取其中意義深遠的成語，以兒童的視角切入三國那個風雲時代，用生動有趣的語言講述每個成語背後的三國歷史。

「典故」列出了成語的出處，讓孩子感受純正國學的滋養。「成語解釋」對成語中生僻字與整個辭義進行說明，讓孩子對成語有初步的理解。「近義詞」、「反義詞」能夠拓展孩子對成語語意的認識。「造句」能夠引導孩子在理解成語的基礎上進行實際的運用。

三國故事中有桃園結義的情誼，有七步成詩的才氣，有命若懸絲的險境，也有勢如破竹的戰鬥。孩子將會在淺顯的語言描寫和有趣的漫畫插圖中瞭解三國歷史，累積豐富知識。

「歷史小啟發」可以引導孩子進行反思，從而明白學習和做人的道理，做到知古鑒今。

希望這些源自三國典籍的成語能夠成為一座幫助孩子瞭解歷史和文化的橋梁，讓孩子們真正學會、讀懂這段歷史，在掌握這些成語的同時，感受到中華文化的無限魅力。

目錄

董卓亂政

目錄

群雄割據

主要人物
董卓
劉備
關羽
孫策
張飛
呂布
孔融
孔子後人
袁紹
三國

董卓亂政

東漢末年，皇帝更替頻繁，外戚與宦官鬥爭不斷，東漢政權搖搖欲墜。後來，涼州軍閥董卓奉詔率軍進京救駕，廢少帝立獻帝，並趁機獨攬朝政，動亂便由此開始。

桃園結義

三國時期，戰爭頻繁，匪患四起，災民流離失所。有一個叫張角的人創立了太平道教派，帶領徒眾發動了黃巾起義。

西元 184 年，張角帶領隊伍浩浩蕩蕩地向幽州[1]行進，意圖占領該地。幽州太守[2]劉焉聽到消息，立即召來校尉[3]鄒靖商討計策。鄒靖對太守說：「敵兵眾多，咱們人手少，應該快快招募士兵！」劉焉聽從了鄒靖的建議，隨即張貼榜文招募兵士。

招兵的榜文轉眼傳到了劉備的老家涿（ㄓㄨㄛˊ）縣[4]。劉備看到大街上張貼的榜文，不禁暗自感嘆道：「自己都快三十歲了，也沒能建功立業，報效國家！」這時，張飛從旁經過，見劉備嘆氣，就問道：

1. 中國古九州之一，核心區域在今北京市。
2. 郡的最高行政長官。
3. 古代武官官職。
4. 今中國河北省涿州市。

「大丈夫不為國家出力，嘆什麼氣啊？」劉備回答說：「我劉備本來是漢室宗親，現在黃巾軍叛亂，很想協助平亂安民。但我現在只是個賣草鞋的，沒有能力做到，所以只能嘆息啊！」張飛聽後說道：「我有錢，我們一起招募賢人勇士，共謀大業吧！」

找我呀，我們
一起努力！
想成就一番大事，
可是我沒錢！
招募義兵

於是，劉備和張飛一拍即合，兩人都為遇到志同道合的朋友興奮不已，就來到了旁邊的小酒館把酒言歡。

走，咱們邊
吃邊聊！

劉備、張飛二人喝得正高興，只見門外走來一個九尺高的大漢。大漢進門一落座，就叫店小二給他拿酒來。劉備看他相貌堂堂、威風凜凜，就邀他過來一起喝酒。談話間得知此人名叫關羽，是來從軍的。

劉備將平亂安民的志向也告訴了關羽，關羽一聽，高興極了，原來他也有此意。飯後，三人一起到張飛家裡商議大事，聊到興起的時候，張飛說：「我家後院有一個桃林，桃花開得正好，不如明天我們在桃園裡祭拜天地，結為兄弟吧。這樣就能一起齊心協力成就大事啦！」劉備和關羽聽後都非常贊同。

第二天，三人在桃園中準備好祭品，焚香叩拜天地，三人立下誓言：「我劉備、關羽、張飛三人雖然不同姓，但是願意結為異姓兄弟，從此同心協力，上報國家、下安黎庶。不求同年同月同日生，只願同年同月同日死。皇天后土，實鑒此心，背義忘恩，天人共戮（ㄌㄨˋ）！」結拜完畢後，兄弟三人宰牛設宴，聚集了鄉鄰勇士三百多人共同舉事。

從此兄弟三人齊心協力，披荊斬棘保護一方黎民百姓，為復興漢室戎馬一生。在三人的共同努力下，蜀漢逐漸發展壯大，歷史上才出現三國鼎立之勢。

歷史背景

時間：西元 184 年

地點：涿縣

主要人物：劉備、關羽、張飛

典故

飛曰：「吾莊後有一桃園，花開正盛；明日當於園中祭告天地，我三人結為兄弟，協力同心，然後可圖大事。」玄德、雲長齊聲應曰：「如此甚好。」（明羅貫中《三國演義》第一回）

成語解釋

桃園：種滿桃樹的園林。結義：結拜，即因為感情好或者有共同的目標、志向，以某種儀式結為異姓兄弟姐妹。此處是指劉備、關羽、張飛三人在桃園結義為兄弟的故事。

近義詞

義結金蘭、志同道合、意氣相投

反義詞

反目成仇、恩斷義絕、割袍斷義

造句

明明、小剛和飛飛不僅是同學，也是好朋友。一天，明明提議：「不如我們也效仿古人來個『桃園結義』吧！」

歷史小啟發

劉備、關羽、張飛三人雖然是異姓兄弟，但他們一見如故、志同道合，都懷有一顆拯救亂世的仁心。後來，他們兄弟齊心，彼此信任、支持，才造就蜀漢大業。在我們日常生活中也會交到不少好朋友，真正的好朋友在一起，就是要互相幫助、互相鼓勵。

成語接龍

桃	園		義	義		雲	天
天		地	久	久	別		逢
逢	凶		吉	吉		天	相
相	提	並			功	行	賞

答案：結、薄、長、重、化、人、論、論

倒履相迎

王粲（ㄘㄢˋ）是東漢末年的文學家、官員。他出身於名門望族，他的曾祖父王龔，在漢順帝時任太尉[1]；祖父王暢，在漢靈帝時任司空[2]，兩人都曾位列三公[3]。王粲的父親王謙，曾任大將軍何進的長史[4]。

1. 東漢總理軍政事務的長官。
2. 東漢官職，主掌水土工程。
3. 古代朝廷中最重要的三個官職，具有很高的權力和地位。
4. 中國古代幕僚性質的官員。

西元190年，董卓挾（ㄒㄧㄚˊ）漢獻帝，西遷千到長安，整個東漢朝廷隨同前往，王粲和蔡邕（ㄩㄥ）也在其中。兩人見面一番交談後，蔡邕拉著王粲的手說：「年輕人，你可真是個奇才！到了長安一定要去找我。」

沒想到逃難路上
也能有驚喜！
長安城

當時的左中郎將[5]蔡邕才華橫溢，他的文采學問都很著名，而且在朝廷中身分貴重，所以家門前經常停滿前來拜訪的車駕，賓客多到都要把大門的門檻踩爛了。

請回吧，沒有
停車位啦！

5. 東漢時的高級武官。

蔡邕原本在家中煩惱不知該如何應付賓客，得知王粲來訪瞬間精神抖擻，急忙開心地前往會面。蔡邕想見王粲的心情急迫，也顧不得好好穿鞋，隨便一穿就往外跑，等到僕人反應過來的時候，只見蔡邕左右腳的鞋穿反了，一路小跑奔去，幾乎不見蹤影。

老爺，你的鞋……
呃，穿反了……

當時王粲的年紀還小，或許是營養不良，他的身材也很矮小，在座的人見此都很吃驚。蔡邕對著眾人說：「這位是王暢的孫子，是個小天才呢，我都比不上他。我打算將家中的典籍文章，全都送給他。」

好孩子啊，我家的書
喜歡哪本隨便你拿！

董卓死後，王粲前往荊州[6]投奔劉表。劉表看王粲身材瘦小、其貌不揚，就沒有重用他。劉表去世後，他的兒子向曹操投降，曹操早就聽說王粲的才名，便上表[7]封王粲為關內侯[8]。

西元 213 年，曹操稱魏王，任命王粲為侍中[9]，王粲因博學多識，總能對答如流。曹操有感當時舊禮儀制度廢弛殆盡，需要重新制定，命王粲參與負責制定新的典章，王粲的才華在後來得到了充分的施展。

6. 中國古九州之一，東漢時轄地在今湖南省、湖北省全境及河南省南部地區。
7. 向天子進呈奏章。
8. 古代的封爵，有侯號而無封地。
9. 古官名，侍從皇帝左右。

歷史背景

時間：西元 190 年

地點：長安

主要人物：王粲、蔡邕

典故

時邕才學顯著，貴重朝廷，常車騎填巷，賓客盈坐。聞粲在門，倒屣（ㄒㄧˇ）迎之。（西晉陳壽《三國志・魏書・王粲傳》）

成語解釋

屣和履都是鞋子的意思，後世據上面典故引申出成語「倒履相迎」。著急出門迎接客人，把鞋子都穿倒了。形容熱情地迎接賓客，對待朋友十分有誠意。

近義詞

掃榻以待、解衣推食、吐哺握髮

反義詞

閉門不納、冷眼相待、置之不理

造句

小旭多年前曾陪伴小雅走過人生低谷，因此每次小旭來做客時，小雅一家人都倒履相迎，十分熱情地招待他。

歷史小啟發

在古代，人與人之間的身分、地位、尊卑區分得非常清楚。德高望重的蔡邕能夠放下自己的身分，對年輕的王粲倒履相迎，不得不令人敬佩。在三國故事中，類似的故事還有曹操光腳迎許攸*，這些故事背後體現的都是對知識和人才的尊重。而歷史上，只有那些真正敬重人才的人，才能贏得有識之士誠心相助。我們應該學習古人的這種精神，不管是朋友還是陌生人，只要他有豐富的知識，或是仁厚的道德，就該主動向他學習。

* 成語「跣（ㄒㄧㄢˇ）足相迎」的出處。

成語接龍

倒		相	迎
	甲	歸	田
老		常	談
生	死	之	

迎	刃	而	
田		野	老
談	笑		生
	口	稱	贊

答案：履、解、解、夫、生、風、交、交

同符合契

張紘（ㄏㄨㄥˊ），字子綱，是三國時期知名的文學家，政治家。

張紘年輕時遊學京都，曾跟博士[1]韓宗學習《易經》和《尚書》，跟濮（ㄆㄨˊ）陽闓（ㄎㄞˇ）學習《韓詩》《禮記》和《左氏春秋》，是個滿腹經綸、實實在在的「讀書人」。

因為名氣大，張紘曾被很多人推薦為官，但他覺得當時漢室早已名存實亡，不想跟貪官汙吏同流合汙，便全都拒絕，跑到江都[2]遠離政治了。

西元 191 年，張紘的母親病逝，他留在江都處理後事。當時，孫策的父親孫堅被暗殺，孫策也正好帶父親回鄉安葬，聽聞大名鼎鼎的張紘就在江都，便多次前去拜訪，向他請教學習。

孫策對張紘說，今後自己只想回到父親依附的袁術麾（ㄏㄨㄟ）下，接領父親的舊部，再去丹陽[3]舅舅那邊招攬些士兵，為漢室平亂，為父報仇。等這些問題都解決後，自己就做個享樂的朝廷外藩就行了。

張紘聽後，不禁對這個年僅十七歲的年輕

1. 秦漢時掌管書籍文典的官職。
2. 今屬中國江蘇省揚州市。
3. 位於今中國江蘇省鎮江市。

人感到驚豔，便對孫策的計畫加以完善修改。並告訴他說：「如今你繼承了你父親的事業，假如真的投奔丹陽，召集各路兵馬，必定能夠兼併荊州和揚州[4]，報仇雪恥自然指日可待，到時絕不僅是成為朝廷外藩這麼簡單。如今天下大亂，如果你大功告成，我定會與朋友一起渡江南下，去追隨你。」

4. 中國古九州之一，位於今安徽省淮河和江蘇省長江以南及江西省、浙江省、福建省，湖北省東部、河南省東南部。

孫策聽了張紘的話豁然開朗，覺得自己的未來一片光明。他對張紘說道：「我與您的見解完全相同，我們的情誼將牢不可破！今日我便動身離開，我的母親和弟弟就託您照顧，這樣我也不會有後顧之憂了。」

有您這番話，
我就有勇氣出戰了！
創業物資

後來，呂布也聽說了張紘的才名，想要把他搶過來，但張紘內心討厭呂布。孫策也十分珍惜張紘這個人才，不想放他走，便婉言拒絕呂布。

想找人才回您自己老家找去。

孫策平定江東後，派張紘到許昌上表。張紘常與朝中大臣談論起孫策平定江東三郡[5]的豐功偉績。曹操愛才，把張紘留在許昌擔任御史[6]，後來還想封他更大的官職。但張紘顧念孫策的恩情，便委婉推辭了。

歷史背景

時間：西元 191 年

地點：江都

主要人物：張紘、孫策

典故

策曰：「一與君同符合契，有永固之分，今便行矣。」（西晉陳壽《三國志．吳書．孫策傳》裴松之注）

5. 指中國古代的丹陽郡、會稽郡和吳郡。

6. 中國古代執掌監察的官員。

成語解釋

比喻見解完全相合，完全相同。

近義詞

同心同德

反義詞

背道而馳、南轅北轍

造句

我與你同符合契，簡直是命中註定的好朋友！

歷史小啟發

十七歲的孫策很清楚，父親去世之後，單憑自己一人的能力，想要報仇雪恥，恢復家族的榮光，並不容易。對於未來的出路，他始終都拿不定主意，何況自己的家人還無人照料。然而名士張紘的一番話，無疑是給予孫策最大的肯定，同時也徹底解決了孫策的最大後顧之憂。孫策與張紘，可說是絲毫不遜色於劉備和諸葛亮的組合。

人生短暫，能遇到這樣的朋友實屬不易。我們在現實生活中也要珍惜、信任同符合契的朋友。

仰人鼻息

袁紹（ㄕㄠˋ）是東漢末年軍閥，漢末群雄之一，他出身官宦世家汝南袁氏，世代官居高位，四世三公[1]。袁紹二十歲左右時，母親病故服喪，接著又補服父喪，前後共六年。當時，宦官專權愈演愈烈，殘酷迫害反抗他們的人，袁紹便拒絕到朝廷做官，隱居在洛陽。雖然他自稱隱居，表面上不接待賓客，但在私底下結交了許多有識之士。

西元 184 年，黃巾起義爆發，朝廷被迫取消黨錮（ㄍㄨˋ）之禁[2]。

1. 家族四代人都任職三公（朝廷中最高級別的三個官職，具有很高的權力和地位）。

2. 「黨錮之禁」指的是政治迫害和言論箝制。

袁紹順應大將軍何進的辟（ㄅㄧˋ）召[3]入朝為官。後來，董卓作亂，袁紹在山東起兵討伐董卓，很多郡縣紛紛響應，一時之間袁紹實力大增，聲名遠揚，頗受世人讚頌。

冀州[4]牧[5]韓馥看到袁紹變得越來越強大，心中十分不安，怕袁紹有朝一日比自己更強大，於是就剋扣他的軍糧，想辦法打壓他。袁紹得知這個情況後，準備趁機吞併韓馥統治的冀州。

3. 因才高名重受人推舉，被徵召授以職位。
4. 中國古九州之一，轄地包括今北京市、天津市河北省、山西省、河南省北部以及遼寧省與內蒙古自治區部分地區。
5. 古代各州的行政長官。

袁紹的謀士逄（ㄆㄤˊ）紀替他想出了一條妙計。按照逄紀的建議，袁紹一面寫信給北平[6]太守公孫瓚（ㄗㄢˋ），鼓動他引兵南下，進攻冀州；一面派人到冀州去見韓馥，對韓馥說：「公孫瓚南下攻打冀州，袁紹也會有所行動，你的處境十分危險，不如主動把冀州讓給袁紹，既獲得讓賢的美名，又可以保住身家性命，豈不是兩全其美？」

韓馥生性怯懦，缺少主見，聽說公孫瓚要來攻打，又聽了袁紹的遊說，覺得有理，很快就同意讓出冀州。他手下的耿（ㄍㄥˇ）武、閔（ㄇㄧㄣˇ）純就沒那麼容易被說服了，他們看出袁紹的實力還不及韓馥，於是一致反對。

6. 位於今中國北京市。

耿武等人對韓馥說：「冀州有百萬軍民，還有可支援十年的軍餉。袁紹孤家寡人一個，統領的軍隊少得可憐，根本就是在靠我們活著。他就像被我們玩弄的小孩，如果不給他吃的東西甚至能把他餓死，對這樣的人為什麼還要把我們的地盤拱手送給他呢？」

韓馥說：「我的才能本就比不上袁紹，把冀州讓給他也是應該的。」他最終沒有聽取謀士們的意見，而是搬出了官署（辦公的地方），又派自己的兒子把冀州牧的印綬送交給了袁紹。

歷史背景

時間：西元 191 年

地點：冀州

主要人物：袁紹、逢紀、韓馥、耿武

典故

馥長史耿武、別駕[7]閔純、騎都尉[8]沮授聞而諫曰：「冀州雖鄙，帶甲百萬，谷支十年。袁紹孤客窮軍，仰我鼻息，譬如嬰兒在股掌之上，絕其哺乳，立可餓殺。奈何欲以州與之？」（南朝宋范曄《後漢書 ・ 袁紹傳》）

成語解釋

形容依賴著別人生存，看人臉色行事。

近義詞

寄人籬下

反義詞

自力更生

造句

他再也不願仰人鼻息，看上司的臉色工作，索性辭職自己創業。

---

7. 古代職官名。因隨刺史巡行視察時另乘車駕，故稱為「別駕」。

8. 古代武職官銜，負責騎兵部隊的統領與指揮，屬於軍中中級至高級的將領職位。

歷史小啟發

韓馥本來擁有更強大的軍隊、更有利的條件，但是因為他患得患失，不相信自己的能力，所以中了袁紹的詭計，最終走上了自我了斷的路。我們要從韓馥的故事中吸取教訓，應當認清自己的能力，並對自己有信心，不要因為別人的三言兩語就動搖、懷疑自己。

成語接龍

仰	人		息	息	息		關
關		閉	戶	戶		不	朽
朽	株		木	木	已	成	
	車	勞	頓	頓	足		胸

答案：鼻、相、門、樞、枯、舟、舟、捶

如雷貫耳

東漢末年，太師董卓趁亂把持了朝政。他廢漢少帝，立漢獻帝，毒殺太后，封自己為太師[1]，任命自己的族人、親信為官，誅殺反對自己的大臣，最後把軍權和朝政大權都握在自己手裡。他之所以如此狂妄，正是因為他手下有一員猛將，就是他的乾兒子呂布。

王允是漢朝的忠臣，他無法忍受董卓的惡行，但又忌憚（ㄉㄢˋ）他的強權。為了保留實力，他暫時不動聲色、曲意迎合，換取董卓的信

1. 古代職官名，輔弼君王的重要大臣。

要是他們都像你這麼
識時務就好了。

任。時間一久，董卓不僅覺得王允極具才華，還對自己忠心耿耿，於是把他當作自己的親信。西元192年，天災嚴重，王允想要加速完成暗殺董卓的計畫。有一天，他生病在家休息，看到家中美貌的歌伎貂（ㄉㄧㄠ）蟬，心裡突然生出一計。

不久後，王允先邀請呂布上門做客，然後讓貂蟬出來，說要將貂蟬送給呂布為妾。貂蟬頻頻對他暗送秋波，看得呂布目不轉睛。眼看時機已到，王允便對呂布說過幾天就將貂蟬送到他府中。

哎呀，我想到一個好主意！

過了幾天，王允趁著呂布不在，請董卓到府中赴宴。他再一次把貂蟬請出來，說要獻給董卓。董卓非常高興，王允當晚就親自把貂蟬送到董卓府中。

王允回去的路上，正好遇上呂布。呂布質問他為何先把貂蟬送給

自己，轉手又獻給董卓。王允說是董卓強行上門，表示要替呂布接回貂蟬，自己也無法拒絕。呂布頭腦簡單，便信以為真。

　　這其實是王允的連環計，為的就是讓貂蟬離間董卓和呂布，好讓兩人生出嫌隙，然後互相殘殺。

　　接下來，貂蟬故意讓來找董卓的呂布，看到自己傷心落淚的樣子，還偷偷與呂布在小花園私會。對呂布說：「我從小被養在深閨，聽將軍的大名，如雷貫耳，本以為你可以救我離開董卓，沒想到你這麼害怕他！」

貂蟬與呂布兩人相會的時候，正好被董卓看見。董卓將呂布趕走後，貂蟬就對他哭訴說，呂布對她心懷不軌，但自己心裡只有董卓一人。董卓也相信貂蟬的說法，漸漸對呂布產生不滿。

王允認為時機已成熟，就將貂蟬被董卓強搶的「經過」加油添醋

地告訴呂布，並假裝惋惜地說：「沒想到將軍一世英名，竟然要受這樣的侮辱。」呂布受到刺激，最終與王允密謀，在郿（ㄇㄟˊ）塢（ㄨˋ）[2]一戟（ㄐㄧˇ）[3]刺死董卓，斬殺這個「名滿天下」奸臣。

歷史背景

時間：西元 192 年

地點：洛陽

主要人物：董卓、王允、呂布、貂蟬

典故

久聞先生大名，如雷貫耳。（元無名氏《凍蘇秦》第一折）

貂蟬曰：「妾在深閨，聞將軍之名，如雷灌耳，以為當世一人而已，誰想反受他人之制乎！」（明羅貫中《三國演義》第八回）

---

2. 地名。在今中國陝西省郿縣東北，渭水北岸。

3. 武器名。戈和矛的合體。

成語解釋

「如雷貫耳」也作「如雷灌耳」，本指響亮的雷聲傳進耳朵裡。形容人的名聲很大。

近義詞

名滿天下、聞名遐（ㄒㄧㄚˊ）邇（ㄦˇ）

反義詞

無名小卒、默默無聞

造句

現在一提起他的名字，大家都曉得是如雷貫耳的教育專家。

歷史小啟發

貂蟬是中國古代四大美女之一，她在《三國演義》中被羅貫中描寫成一位憂國憂民的奇女子，為了報答義父王允的恩情，甘願獻身董卓和呂布，挑起兩人爭鬥，最後利用呂布替國家除掉殘暴專權的董卓。

雖然這個故事是羅貫中所虛構，但董卓遭呂布刺殺確實是史料記載。這個故事告訴我們，多行不義必自斃，董卓以武力挾持天子，把持朝政後驕橫殘暴，血腥殺戮反對自己的朝臣，默許士兵殘害百姓。最終，他被自己的義子呂布所殺，結束罪惡的一生。

成語接龍

如		貫	耳	耳	聰		明
明	哲		身	身		力	行
行		流	水	水	落		出
出	神		化	化		為	夷
夷	為	平			廣	人	稀
稀		古	怪	怪		亂	神
神		廣	大	大	而		之

答案：雷、目、保、體、雲、石、入、險、地、地、奇、力、通、化

求田問舍（ㄕㄜˋ）

陳登，下邳（ㄆㄟˊ）淮（ㄏㄨㄞˊ）浦[1]人，是東漢末年的一位將領，為人爽朗、性格沉靜、智謀過人。自少年時代起，他就有扶世濟民的遠大志向。二十五歲時，陳登被任命為東陽[2]縣長。他雖然年輕，卻盡力為百姓謀福祉，經常和老百姓打成一片，在當地擁有很高的名望。

有一天，陳登的老朋友許汜（ㄙˋ）路過下邳，來拜訪他。陳登知道跟隨呂布的許汜是個胸無大志的人，整天都想著怎麼購買田地房

1. 今中國江蘇省漣水縣西。

2. 古地名，位於今中國江蘇省。

屋，擴大自己的家業，於是對登門拜訪的許汜愛理不理、態度冷淡，沒有把許汜當成客人款待。

到了晚上，許汜也沒有要離開的意思，直接在陳登家中留宿。陳登自己高臥在大床上休息，把許

老朋友，想不想我？
不想！

居然這麼對我，絕交！

汜留在下鋪。許汜心想，自己明明是客人，卻只能坐在地上，覺得受到怠慢，生了一肚子氣。

後來，呂布被曹操擊敗並處死，許汜投奔到荊州牧劉表的手下任職。當時劉備也因為衣帶詔（ㄓㄠˋ）[3]被曹操追殺，投奔了劉表。有一天，劉表、劉備和許汜三個人在一起閒談，點評天下人物。許汜說：「湖海的那個陳登，人很豪爽沒錯，就是有點粗俗無禮。」劉備聽了對劉表說：「這話真的假的？」劉表回答：「這……照理說，許先生您很有見識，應該不會胡說。但是，我聽說那位陳登是位名聲很好的人。」

3. 藏於衣帶中的密詔。

劉備便好奇地問：「你說陳登粗俗無禮，何出此言？」許汜氣呼呼地說：「我當初去他家拜訪，他對我愛理不理的，還獨自睡上鋪大床，讓我這個客人睡下鋪。」

劉備聽完，明白了事情的緣由，對許汜說：「你是有名的國士，如今天下大亂，你本應當憂國憂民，捨小家為大家，懷有拯救百姓的遠大理想。但你卻光想著增置家產，淨說些廢話，陳登當然不願意理你了！」

這話說得許汜臉上紅一陣白一陣的，劉備又接著說：「要是我的話，我就睡百尺樓上，讓你睡地下，那何止是上鋪和下鋪的區別啊！」劉表聽了大笑起來，此時的許汜才知道自己錯了，恨不得找個地洞鑽進去。

歷史背景

時間：西元 192 ～ 196 年

地點：荊州

人物：陳登、許汜、劉備、劉表

典故

備曰：「君有國士之名，今天下大亂，帝主失所，望君憂國忘家，有救世之意，而君求田問舍，言無可采，是元龍所諱也，何緣當與君語？」（西晉陳壽《三國志 · 魏書 · 陳登傳》）

成語解釋

田：田地。舍（ㄕㄜˋ）：居住的房子。到處求取田地，購置房屋，形容人只知道為自己謀利，增置家產。現多比喻追求個人利益，沒有遠大的志向。

近義詞

數白論黃、池中之物

反義詞

壯志淩雲、步月登雲、鴻鵠（ㄏㄨˊ）之志

造句

他深知成大事的人，不能只知道放縱享樂、求田問舍，過分在乎自己的得失。

歷史小啟發

許汜披著名士的外衣，卻沒有名士的胸懷，一心只想著自己發財，沒有為國為民的抱負。受到陳登的冷漠對待時，許汜不反省自身，反而認為是陳登粗俗無禮。這個成語故事告訴我們，人應當心胸寬廣，有遠大的抱負，不能目光短淺，只知道謀求個人利益。受到別人冷漠對待的時候，不要第一時間怪罪別人，而是要反思是不是自己哪裡做得不夠好，才能避免鬧出許汜這樣的笑話。

成語接龍

求		問	舍	舍		取	長
長	年		月	月	明		清
清	心		欲	欲		又	止
止	於	至			解	人	意
意		未	盡	盡	心		報
報	仇		恨	恨	之	入	
	瘦	如	柴	柴	米	油	

答案：田、短、累、風、寡、言、善、善、猶、圖、雪、骨、骨、鹽

危在旦夕

孔融是孔子的第二十世孫。他能詩善文，為「建安七子[1]」之一。後來因為與董卓意見不合發生爭辯，被派到黃巾軍[2]最為猖狂的北海國[3]做國相[4]，屯兵都昌[5]。

孔融待人，就算對方只有一點微小的善行，也都以禮相待。他聽說太史慈任本郡奏曹史[6]時，郡守和州官有矛盾，太史慈用計揭發了

1. 東漢獻帝建安年間，文學界有七位著名作家，即孔融、陳琳、王粲、阮瑀、應(ㄧㄥˋ)瑒(ㄧㄤˊ)、劉楨、徐幹等七人。
2. 黃巾之亂為中國歷史上規模最大的暴亂之一，由於頭裹黃巾，故稱作黃巾軍。
3. 今中國山東省壽光市東南。
4. 封國輔政之臣。
5. 今中國山東省昌邑市西。
6. 古代職官名，主奏議事。

州官對郡守的誣告後，為避難遠走遼東[7]。孔融對此十分佩服，就經常派專人照顧太史慈的母親。

後來，孔融為了對付黃巾軍，在都昌屯兵，卻被黃巾軍圍困。太史慈從遼東回到家，母親對他說：「雖然你和孔融不相識，但自從你離開後，他特別照顧我。如今他有難，你應該去幫助他。」於是，太史慈僅在家待了三天，便獨自前往都昌。

7. 今中國遼寧省。

當時黃巾軍的包圍還不算嚴密，太史慈趁著夜色，抓準時機衝入重圍，終於見到孔融，建議他趕快下令出擊。

你……你誰啊？
我是來幫你的。

孔融，你快投降吧！
黃
巾
軍

但孔融沒有聽從太史慈的建議，只是一心等待外援。結果外援還沒等到，黃巾軍已日日緊逼。孔融沒辦法，決定求助附近的平原[8]相[9]劉備，但他很苦惱該選擇讓誰殺出重圍求援。

這時，太史慈站出來請求一試。孔融便

8. 古代郡國名，今中國山東省德州市下轄縣。

9. 漢代官職名，職位相當於郡太守。

道：「這個任務很艱巨，雖然你有決心，但你要慎重考慮啊！」太史慈答道：「您對我母親照料有加，我非常感恩，這才來幫助您。現在情況危急，希望您能相信我。」孔融這才同意。

憑藉著不凡的身手，太史慈很快衝出重圍，見到了劉備。他告訴劉備說：「如今北海被包圍，孔融孤立無援，危在旦夕。我早就聽聞您以仁義著稱，更能在情況危急時救人。所以孔國相希望您能慷慨相助，幫他解圍。」

劉備聽後，馬上派遣三千精兵隨太史慈返回都昌。黃巾軍聽說孔融有軍隊馳援，連忙解除對北海的包圍，四散逃走。

歷史背景

時間：西元 193 ～ 196 年

地點：都昌

主要人物：孔融、太史慈、劉備

典故

今管亥暴亂，北海被圍，孤窮無援，危在旦夕。（西晉陳壽《三國志 ・ 吳書 ・ 太史慈傳》）

成語解釋

旦夕：早晨和晚上。形容危險就在眼前，情況十分危急。

近義詞

朝不保夕、危如朝露

反義詞

高枕無憂、危然無恙

造句

剛剛路口發生了一起嚴重車禍，汽車司機的性命危在旦夕。

歷史小啟發

太史慈的母親受過孔融的恩惠，於是在孔融危難的時刻，讓自己的兒子前去相救，可以說是滴水之恩，湧泉相報。我們也要牢記幫助過自己的人和給予自己溫暖的人，在他們需要的時候，回報他們曾經的善意。故事中的孔融一定沒想過，自己對太史慈母親的照顧會成為日後解決困境的關鍵，這也告誡我們要時時刻刻保持善良，多做善事，善意總有一天會以意想不到的方式回到自己身上。

成語接龍

白	頭		老	老	生		談
談		自	如	如		重	負
負		累	累	累		之	危
危	在		夕	夕	陽	餘	

答案：偕、常、笑、釋、債、卵、旦、暉

先禮後兵

西元 192 年，青州[1]的黃巾軍勢力迅速發展，開始進攻兗（一ㄢˇ）州[2]，刺史[3]劉岱戰死。曹操被推舉為兗州牧，和鮑信聯手將黃巾軍擊敗，並從三十多萬降兵中挑選精銳，組成青州軍。

第二年春天，曹操陸續擊敗了袁紹、黑山軍[4]和南匈奴。當時的徐州[5]牧陶謙率軍攻入兗州南部的任城，曹操發現領地被侵占，就率

1. 中國古九州之一，在今中國渤海以南、泰山以北，涉及河北省和山東半島部分地區。
2. 中國古九州之一，在今中國山東省、西部與山東省河北省交界處。
3. 東漢時地方行政長官，兼掌軍事。
4. 東漢末年河北的農民起義軍。
5. 中國古九州之一，位於今中國淮海地區。

軍征討陶謙，發兵徐州，連續攻下徐州十座城，後來因為糧草不足，不得已才撤軍。

西元 194 年，曹操派人去琅玡（ㄧㄝˊ）接父親曹嵩（ㄙㄨㄥ）。曹嵩路過陶謙領地的時候，陶謙有意與曹操結交，便盛情招待曹嵩，並且派張闓（ㄎㄞˇ）帶軍護送。

一行人走到半路，突然遇到了大雨，只能到旁邊一座古廟裡躲雨。曹嵩和家人在廟裡，張闓及其軍士睡在外面。由於雨太大，將士

們的衣服都被打濕了，眾人怨聲載道，於是有人心生歹念，想搶奪曹家的行軍物資，他們立即付諸實行，混亂中曹嵩被殺。

曹操收到消息後，痛哭倒地。他以陶謙縱容手下殺害父親，欲報殺父之仇為由，起兵討伐徐州。曹軍所到之處，大肆殺戮百姓，挖掘

墳墓搶奪財物。陶謙緊急召集部下商議對策，手下糜（ㄇㄧˊ）竺（ㄓㄨˊ）自請去北海求助孔融。

當時孔融正被黃巾軍包圍，處境危難。幸虧太史慈挺身而出，突出重圍去找劉備搬救兵。

劉備同關羽、張飛點齊精兵三千，大敗黃巾軍。

隨後，陶謙也向劉備求助，劉備與關羽、張飛領著本部三千軍馬在前，趙雲引著兩千人馬隨後，進入徐州城內。

陶謙請劉備進入府衙，拿出徐州印信交給劉備說：「你是漢室宗親，正該為國效力。我年老昏庸，願將徐州讓給你。」劉備聽了連

從來沒有這麼被人需要過！

連推辭，官員們見他倆互相推辭，便建議先商議如何讓曹操退兵，然後再議讓位之事。

徐州這個燙手山芋
還是給您吧。
還是您自己
留著吧！

劉備便說：「我先寫信給曹操，勸他退兵。要是他不同意，我們再與他交戰也不遲。」

他在信中寫道：「國內如今憂患無窮，董卓的餘黨還有殘留，且到處都是造

先禮後兵，我劉備可是有涵養的人！

反的黃巾軍，你應以朝廷為重，不要光想著報私仇。如果你撤走徐州之兵，去救國救民，那將是天下之大幸啊！」

曹操看完信後大發雷霆，說：「劉備算什麼東西，竟敢來教訓我！我倒要看看他有什麼能耐！」謀士郭嘉勸他說：「劉備這是玩了一招先禮後兵啊！不如我們也先友好地對他，讓他放鬆警惕，然後再派兵攻城，這樣就更容易成功了。」

曹操聽從了郭嘉的勸告，正打算回信給劉備。忽然有士兵報告說呂布已攻克兗（ㄧㄢˇ）州，正在進攻濮（ㄆㄨˊ）陽。曹操大吃一驚，急

這時候動武您可就輸了！

忙下令撤兵回兗州平叛，並寫信告訴劉備是看在他的面子上才退兵。

聽說曹操退兵後，陶謙讓人請孔融、劉備、關羽、張飛等人赴宴以示感謝。宴席上，陶謙又提出了希望劉備接收徐州的請求，劉備再三推辭。最後，答應在徐州旁邊的小沛[6]駐紮，守衛徐州。

不好了！呂布帶兵攻下兗州了
就當賣劉備一個人情，還是撤兵吧！

6. 東漢時中國的沛縣。

你不要徐州，我將死不瞑目啊。
你這不是害我嗎？我的名聲可是很重要的。

歷史背景

時間：西元 194 年

地點：徐州

主要人物：曹操、陶謙、曹嵩、孔融、劉備

典故

劉備遠來救援，先禮後兵，主公當用好言答之，以慢備心；然後進兵攻城，城可破也。（明羅貫中《三國演義》第十一回）

成語解釋

兵：武力，泛指強硬手段。形容在和對方交涉時先講道理，行不通的話，再採取強硬手段。

反義詞

不宣而戰

造句

我軍總是奉行先禮後兵的策略，不到萬不得已，不會選擇以武力解決事情。

歷史小啟發

在流傳了很久的歷史故事中，我們總能發現人性的光輝。董卓故意打壓孔融，但孔融沒有自暴自棄，而是以樂觀的心態積極建設北海，造福百姓。太史慈的母親受過孔融的恩惠，在關鍵時刻便讓自己的兒子去報恩，即便危險重重，仍義無反顧，知恩圖報。劉備明知自己兵馬不足，還是出兵救援孔融與陶謙，無私的精神值得我們學習。陶謙為了國家能夠更好，主動把徐州讓給更有能力的人治理，顧全大局的器度，讓人佩服。

成語接龍

先		後	兵
壯	志		雲
輕		輕	腳
地	久		長

兵	強		壯
雲		風	輕
腳	踏		地
長	吁	短	

答案：禮、馬、凌、淡、手、實、天、嘆

堅壁清野

哪有什麼戰爭？
我不信！
門在，
我在！
勸不動啊，
我太難了。

荀（ㄒㄩㄣˊ）彧（ㄩˋ）是東漢末年的政治家、戰略家，曹操統一北方前的首席謀士。他是荀子的後人，年少時就很有名氣，被稱「王佐之才[1]」。

董卓掌權之後，荀彧棄官歸鄉。他對家鄉父老說：「潁川[2]地理位置重要，現在時局動盪，必會成為軍事要地，大家應該儘快離開，不要久留。」但人們懷戀故地，猶疑不定。荀彧便帶著族人遷到冀州。後來，董卓出兵關東[3]，當初留在潁川的百姓大多遇難。

荀彧到冀州後，被袁紹待為上賓，但他看出袁紹不能成就大事，

1. 能力極佳，具有治理國家的能力。
2. 古代郡名，位於今中國河南省境內。
3. 漢代指函谷關以東。

就投奔到曹操門下。曹操喜得人才，任命荀彧為司馬[4]。荀彧跟著曹操征戰，順利拿下兗州。不久，曹操任兗州牧，雄心勃勃準備奪取徐州要地。

西元194年，曹操親率大軍出兵徐州，荀彧留守兗州。不料，曹操大軍剛出發不久，他的手下張邈（ㄇㄧㄠˇ）、陳宮就趁機發動叛亂，迎接呂布當兗州牧。荀彧立刻布署軍隊，才保下了鄄（ㄐㄩㄢˋ）、范、東阿三城。

當時，正巧徐州牧陶謙病死，將徐州讓給劉備。曹操本想先拿下徐州，再回來收拾呂布。可荀彧知道曹操的想法後，說：「當年漢高

4. 古代官職名，公府高級幕僚，參管軍務。

祖保守關中，光武帝劉秀據有河內，都是以穩固的根據地為基礎，進可以制勝，退可以固守，最終完成大業。」

荀彧接著說：「兗州就是您的根據地啊！一定得先守住。如今將軍不顧兗州而去攻打徐州，若我方留守兗州的軍隊多，則不足以攻下徐州；若留守軍隊少，萬一呂布此時乘虛而入，又不足以守住兗州。最後，一定會失去兗州，又攻不下徐州。」

荀彧看見曹操冷靜下來思考，便繼續說：「陶謙雖死，但劉備也不好對付。眼下正值麥收季節，聽說徐州已編排人力搶收城外的麥子，然後運進城去。這說明他們早有準備，一旦您攻打徐州，他們必然加固防禦工事，轉移全部的物資，準備就緒迎擊我們。我們的兵馬就算去了，也不一定能順利攻下城池。」

曹操聽了荀彧的話放棄攻打徐州，也開始收割熟麥，蓄積兵力。不久，曹操便打敗呂布，收復兗州所有領地，後來被漢獻帝封為兗州牧。

歷史背景

時間：西元 194 年

地點：兗州

主要人物：荀彧、曹操

典故

今東方皆以收麥，必堅壁清野以待將軍，將軍攻之不拔，略之無獲，不出十日，則十萬之眾未戰而自困耳。（西晉陳壽《三國志 ・ 魏書 ・ 荀彧傳》）

成語解釋

加強工事，使堡壘更加堅固。清理野外的糧食作物和重要物資，為敵人深入後的行動製造困難。

近義詞

焦土政策

造句

面對敵人的瘋狂進攻，我軍毅然選擇堅壁清野，守護腳下的每一寸土地。

歷史小啟發

荀彧勸阻了曹操急匆匆帶兵攻取徐州的計畫，成功避免兩頭空的結局。這個故事告訴我們，做事情要一步一步腳踏實地，把一件事情做好了再開始下一件事情。如果手上的事還沒有整理清楚就急著做另外一件事，就有可能導致兩件事情都沒能達成很好的結果。

成語接龍

堅		清	野	野	無	遺	
	疏	學	淺	淺		輒	止
止		至	善	善		人	意
意	得		滿	滿		而	歸

答案：壁、才、才、嘗、於、解、志、載

轅門射戟ㄐㄧˇ

咱都挾天子了，接下來就可以令諸侯了！讓他們自己去打吧！

西元 194 年，呂布趁曹操攻打徐州時，與曹操的部將陳宮裡應外合，攻下兗（ㄧㄢˇ）州。一年後，曹操將呂布趕出兗州，呂布前往徐州投奔劉備。曹操擔心二人聯手對付他，便想辦法讓兩人反目成仇。曹操先是借漢獻帝的名義封劉備為徐州牧，同時又寫信下令劉備殺掉呂布，不料劉備將實情告訴了呂布，呂布十分感謝。

一計不成，曹操的謀士又獻計說：「可以一方面告訴袁術，劉備上表要吞掉他的領地，另一方面下詔讓劉備攻打袁術。到時候袁術肯定會想辦法拉攏呂布，劉備和呂布就會決裂。」

袁術聽說劉備要搶自己領地的小道消息，非常憤怒，當即傳令，命上將紀靈率十萬兵馬去攻打劉備。劉備接到詔書，雖然不願意，但

是不想抵抗皇命，只好硬著頭皮率軍前去攻打袁術，兩軍很快在盱（ㄒㄩ）眙（ㄧˊ）[1]相遇。

劉備與關羽在前線抗擊袁術，命張飛守著徐州。不料張飛喝酒誤事，呂布趁機奪下徐州。袁術聽說後，連夜讓人送信給呂布，答應給他很多金銀、糧食、馬匹和綢緞，希望他能和自己一起夾擊劉備。

劉備見徐州失守，且呂布與袁術聯手，只好撤兵逃走。然而，袁術卻不想履行諾言，呂布便盛情邀請劉備再回徐州，繼續駐守小沛，還送給劉備大量金銀糧帛，

1. 今中國江蘇省淮安市下轄縣。

兩人和好如初。

袁術還記恨劉備之前攻打自己的事情，準備再次攻打他。袁術手下楊弘獻計說：「現在劉備屯兵在小沛，但呂布盤踞在徐州，兩人相互守望，貿然攻擊劉備可能會遭到呂布夾擊。不如再派人送些錢糧給呂布，讓他按兵不動，這樣就能輕易擊敗劉備了。滅了劉備再抓呂布，徐州不就是我們的了嗎？」

袁術聽了非常高興，咬牙拿出二十萬斛（ㄏㄨˊ）[2]粟米，派部將韓胤（ㄧㄣˋ）帶著密信去見呂布。呂布知道袁術要送東西給自己，非常高興，設宴盛情款待韓胤。韓胤回去後報告袁

2. 古代計算容量的單位。

術，袁術以為呂布已經安撫好，就派遣紀靈為大將，雷薄、陳蘭為副將，帶領數萬軍隊準備進攻小沛。

劉備聽說後，寫信向呂布求助。呂布這才明白，之前袁術送東西是為了讓他不去救援劉備。呂布心想：「袁術吞併了劉備後，下一個目標就是我啊！還是去救救劉備吧。」於是率兵起程，到了小沛附近，通知紀靈和劉備到自己寨中赴宴。

劉備帶著關羽、張飛到達呂布設宴地點，才發現呂布還邀請了紀靈，以為呂布要陷害自己。紀靈來到後看到劉備也十分意外，以為呂

布要替劉備藉機殺了自己。

呂布見狀趕緊解釋說：「劉備是我的兄弟，現在被紀將軍所困，所以我來幫他一把。我這人不愛打架，但是愛勸架，今天就讓我來化

解你們的矛盾吧！」紀靈問：「請問有什麼解決的辦法嗎？」呂布說：「我們讓天意來做決斷。」

呂布讓人把他的方天畫戟[3]拿來，然後他拿著方天畫戟，在轅門外遠遠插定。呂布回

3. 一種古代兵器。中間為尖刺的利器，兩旁有一對（兩小支）月牙形利器。

頭對紀靈和劉備說：「轅門離這裡一百五十步，如果我一箭射中戟上的小支，你們就此罷兵。如果射不中，雙方各自回營，想怎麼打就怎麼打。」紀靈覺得呂布肯定射不中，就痛快答應了，劉備也當即應下。

射中！
射中！
射中！
射不中！
射不中！
射不中！

只見呂布一箭便射中了方天畫戟上的小支。他高興地哈哈大笑，把弓扔到地上，拉著紀靈和劉備的手說：「這是上天叫你們兩方罷兵啊！」紀靈苦著臉說：「回去恐沒法向袁術交差。」呂布就寫了一封信給袁術讓紀靈帶回去，劉備拜謝後也和關羽、張飛一起回到了小沛。

還好你沒手抖！
驚不驚喜？
意不意外！

歷史背景

時間：西元 195 年

地點：徐州

主要人物：呂布、劉備、袁術、曹操、紀靈

典故

布令門候于營門中舉一隻戟，布言：「諸君觀布射戟小支，一發中者諸君當解去，不中可留決鬥。」布舉弓射戟，正中小支。諸將皆驚，言：「將軍天威也。」（西晉陳壽《三國志・魏書・呂布傳》）

呂奉先射戟轅門，曹孟德敗師淯（ㄩˋ）水。（明羅貫中《三國演義》第十六回）

成語解釋

三國時期的歷史典故，是呂布為了阻止袁術擊滅劉備所使的計謀。

造句

轅門射戟的故事中，呂布以他精湛的箭法平息了一場戰爭。

歷史小啟發

呂布憑藉自己的聰明才智和高超的射箭技藝，巧妙地幫劉備化解了危機，既救下了劉備，又沒有為難紀靈。我們可以學習用適當的方式化解矛盾，做事情要考慮周全，而且還要不斷提升自己的能力，才能有效地解決問題。

成語接龍

轅	門	射			指	怒	目
目		無	人	人		人	海
海	闊		空	空	穴		風
風		草	動	動		脫	兔

答案：戟、戟、中、山、天、來、吹、如

主要人物
曹操
劉備
漢獻帝
孫策
魯肅
周瑜
劉表
徐晃
三國
護駕有功

群雄割據

東漢末年，董卓專權引起各方不滿，地方十八路諸侯組成討董聯盟。其中，袁紹、曹操、孫策、劉表等軍閥乘勢崛起，割據一方，局勢從諸侯聯合演變成了諸侯混戰。

挾（ㄒㄧㄚˊ）天子以令諸侯

東漢末年，皇室衰微，各地諸侯起義。董卓以平亂為由直奔洛陽，挾持漢少帝、后，在洛陽燒殺搶掠、無惡不作。

西元 189 年，董卓廢漢少帝劉辯，立劉協為皇帝，即漢獻帝，並將他一路挾持到長安。後來，呂布和王允聯手擊敗董卓，卻敗於董卓部將李傕（ㄐㄩㄝˊ）、郭汜（ㄙˋ）。擁兵自重的李傕、郭汜後來也反目互戰，戰火蔓延，長安漸成一片廢墟，漢獻帝及朝廷百官逃至洛陽。在奔逃途中，漢獻帝下詔命令各路諸侯到洛陽接駕。

史上最慘皇帝
一定非我莫屬。

但是，當漢獻帝抵達洛陽，除了擔任兗（ㄧㄢˇ）州牧的曹操，其他諸侯都沒有前來。當時的漢獻帝，已經衣衫破爛、食不果腹，即使只得到曹操的支持也很開心了。

西元196年，曹操以京都洛陽的糧草不足為由，把漢獻帝接到自己的領地許昌，從此揭開「挾天子以令諸侯」的序幕。

臣來晚了！
我都快
餓死了。

為什麼當時最有實力的諸侯袁紹沒有前來呢？

董卓死後，袁紹與曹操決裂。

當時袁紹實力遠勝曹操，有很多次機會可以將曹操擊敗。漢獻帝發出勤王[1]詔令[2]後，袁紹的謀士沮授提醒他爭奪漢獻帝，但袁紹最終沒有接受沮授的建議，以致失去先機。

曹操迎漢獻帝到許昌後，掌管了軍政事務。慢慢地，他高舉漢天子的大旗，不僅擴大自己的勢力，將關中暫時置於號令之下，甚至誅殺公卿大臣，集軍政大權於一身，儼然成了皇帝代理人。他自任為大將軍[3]，任袁紹為地位低於自己的太尉。

1. 為王室盡一份心力。
2. 古代帝王、皇太后或皇后所發布的命令。
3. 古代武官官職，東漢末年時位在三公之上。

此時，袁紹悔不當初。即便如此，他也沒有把曹操放在眼裡，反而致力於討伐公孫瓚（ㄗㄢˋ）。但公孫瓚防守嚴密，袁紹攻打幾年都沒能成功。袁紹的謀士田豐建議他先奪取許都[4]，迎回獻帝，再做別的打算。袁紹仍然沒有採納他的意見。

你們都給我乖一點！

西元 199 年，袁紹與曹操的矛盾激化，袁紹決定率十萬精兵攻下許都，一舉消滅曹操。沮授和田

你走開！
忠言逆耳啊，老大！

4. 許昌的別稱。

豐一致認為，軍隊因長期討伐公孫瓚，元氣大傷，現在應該休養生息，向天子進貢，慢慢對付其他諸侯。而且現在天子在許都，袁紹這麼做師出無名。但袁紹不僅沒有聽他們的意見，還聽信小人讒言，削弱沮授在軍中的權力。

沮授在臨行前，把親戚們都聚在一起，並將錢財分給他們，說：「如果軍隊實力能夠保存，威勢無處不在；一旦被消滅，我們連自身也保不住，可悲啊！」他的弟弟沮宗說：「曹操的人馬那麼少，完全無法與袁軍匹敵，您為什麼要害怕呢？」

沮授歎了口氣：「憑藉曹操的聰明謀略，並且有脅迫天子發號施令的優勢，我方雖然打敗公孫瓚，但軍隊十分疲憊，我們的主帥驕傲、

曹操以逸待勞，
我們輸定了！

將領奢侈，軍隊的潰敗，就在這一戰了。」

西元 200 年，曹操與袁紹在官渡[5]展開決戰，是為官渡之戰。在此之前袁紹多次忽視沮授的中肯意見，曹操則藉著漢獻帝天子的名義，得到許多支持。最終曹操以少勝多，大獲全勝。袁紹率剩下的軍隊狼狽逃回北方，不久後便病逝。

一手好牌被我打得稀爛！
袁紹之墓

5. 位於現今中國河南省中牟縣東北。

歷史背景

時間：西元 196 年

地點：許昌

主要人物：曹操、漢獻帝

典故

五侯九伯，女實征之，以夾輔周室。（春秋左丘明《左傳》）

今操已擁百萬之眾，挾天子而令諸侯，此誠不可與爭鋒。（西晉陳壽《三國志 ・ 蜀書 ・ 諸葛亮傳》）

成語解釋

挾持天子號令天下諸侯，以皇帝的名義發號施令。比喻利用上位者的名義，按照自己的意思去指揮別人。

近義詞

挾天子以令天下、狐假虎威

造句

曹操用挾天子以令諸侯的方式排除異己，擴張自己的勢力，在群雄爭霸的東漢末年站穩腳跟。

歷史小啟發

「挾天子以令諸侯」的典故最早出自《左傳》。周平王東遷後，天子王權逐漸衰微，諸侯勢力日漸坐大。齊桓公當上國君後，管仲建議他以「尊王攘夷」的名義號令諸侯，在諸侯中樹立威望。於是，齊桓公利用齊國強大威勢，以天下霸主的身分，領導中原諸侯國。

官渡之戰發生時，天下大亂，民不聊生，戰爭一場接著一場，百姓苦不堪言。袁紹在與曹操發動戰爭之前，才剛攻下公孫瓚。雖然他麾下有許多能人異士獻計，但他不納忠言，心胸狹窄，最終導致內部不團結，軍隊怨聲載道，最終敗給曹操。

有鑒於此，我們在做一件事情前要考慮是否正確，如果這件事根本是錯誤的，便不會成功，即使強行達成，也會遭他人唾棄、譴（ㄑㄧㄢˇ）責。

望梅止渴

曹操與劉備在後花園「青梅煮酒論英雄」之際，看到牆邊枝頭上的梅子長得正好，便想起了當年自己在行軍途中的「光榮事蹟」……。

西元 197 年，曹操帶領士兵去征討據守宛城[1]的張繡。那次行軍路途遙遠，一路上又都是荒山禿嶺，環境惡劣，看不見一點水源。偏偏行軍時正值夏季，烈日炎炎，驕陽似火。士兵們被曬得頭暈眼花、大汗淋漓，一些身強體壯的士兵也因中暑而陸續暈倒。

1. 隸屬今中國河南省南陽市。

曹
老大，這裡又有一個暈倒了

曹操目睹這樣的情景，很是擔心。一方面行軍速度緩慢，恐怕會耽誤時機；另一方面，要上戰場的將士們都虛弱無力，軍隊戰鬥力都大打折扣。曹操心裡明白，下令加快速度根本無濟於事，因為士兵們確實走不動了。

於是，曹操叫來嚮導，悄悄地問：「這附近可有水源？」嚮導無奈地搖搖頭說：「據我所知，附近是沒有水源的。最近的泉水也在山谷的那邊，要繞很遠的路。」

怎麼辦呢？
真是憂愁！
曹

曹操思索了一會兒，對嚮導說：「等會兒你什麼也別說，我來想辦法。」說完就快馬加鞭到士兵們歇息的地方，清了清嗓子，提高了聲音說：「士兵們，我已經問過嚮導了，前面有一大片梅林，結滿了酸酸甜甜、又大又好吃的梅子，大家堅持一下，繞過那片山谷就是梅林了！」

聽聞前方有梅林，士兵們絕望的眼中又燃起了希望。想到繞過山谷就能吃到酸酸甜甜的梅子，他們情不自禁地吞了口水，甚至顧不

止口渴了。所有人都打起精神想快點吃到梅子，於是加快了行軍的步伐。

終於，士兵們懷著希望繞過山谷。他們雖然沒有看到大片梅林，也沒有吃到酸甜的梅子，但是看到了甘甜的泉水。士兵們痛飲一番，終於解了渴，重新整軍過後，便精神煥發地繼續趕路了。

歷史背景

時間：西元 197 年
地點：宛城
人物：曹操、張繡、劉備

典故

魏武行役，失汲道，軍皆渴，乃令曰：「前有大梅林，饒子，甘酸可以解渴。」士卒聞之，口皆出水，乘此得及前源。（南朝宋劉義慶《世說新語》）

適見枝頭梅子青青，忽感去年征張繡時，道上缺水，將士皆渴；吾心生一計，以鞭虛指曰：「前面有梅林。」軍士聞之，口皆生唾，由是不渴。（明羅貫中《三國演義》第二十一回）

成語解釋

望：渴望，盼望。梅：梅子。人渴望吃到酸酸的梅子時會流口水，以此來解渴。後來形容願望沒辦法得到滿足時，就用想像的方式安慰自己。

近義詞

畫餅充饑、指雁為羹

反義詞

實事求是、腳踏實地、名副其實

造句

小明想買玩具汽車，但還沒存夠錢，只能看著廣告望梅止渴。

歷史小啟發

曹操用善意的謊言，告訴士兵們前方有梅林，在士兵幾乎絕望的時候給了他們希望，讓士兵獲得繼續前行的誘因。我們也應該對未來有目標、有希望，對前景充滿信心，這樣才有努力的動力。當因為前途茫茫而灰心喪氣時，要時刻記得，只有充滿希望，堅持不懈地走下去，才能獲得成功。

望梅止渴是指渴望吃到梅子而流口水，以此來解渴。雖然解了渴，但畢竟沒有吃到梅子，只是靠想像獲得一時的滿足。有了目標的時候，我們不能簡單地望梅止渴，不要在想像中安慰自己，必須盡力爭取、付出努力，這樣才能將渴望的東西變成現實。

成語接龍

望	梅	止			而	穿	井
井		之	蛙	蛙		蟬	鳴
鳴	金		兵	兵	荒		亂
亂		英	雄	雄	才		略

答案：渴、渴、底、叫、收、馬、世、大

棄暗投明

徐晃是三國時期曹魏的名將。事實上，徐晃是後來才決定歸順曹操的。

早年，徐晃因跟隨車騎將軍[1]楊奉討伐賊寇有功，被提拔為騎都尉[2]。後來，董卓被呂布所殺，長安更加混亂，徐晃說服楊奉護送漢獻帝出逃。董卓的部下郭汜（ㄙˋ）、李傕（ㄐㄩㄝˊ）想殺掉漢獻帝，平分天下，命人一路追殺。

楊奉面對後面瘋狂的追兵，有點應付不來，於是喚來三個摯友幫忙：韓暹（ㄒㄧㄢ）、董承和胡才。結果，他們依然打不過郭汜、李傕

1. 中國古代的高級將領官名。

2. 中國古代官名，掌管禁軍。

的追兵，眾人只好邊打邊逃，好不容易過了黃河，才把追兵甩掉，在安邑[3]安頓下來。因保駕有功，徐晃被封為都亭侯[4]。

西元 196 年，漢獻帝一心想回到洛陽，於是眾人又護送他逃往洛陽。漢獻帝在逃亡路上向各路諸侯發出勤王令[5]，只有曹操回應並前來迎接。

西元 197 年曹操建議漢獻帝離開洛陽，移駕許都。獻帝哪敢不聽，群臣也沒有一個人敢持反對意見。

當時，徐晃勸楊奉乾脆歸附曹操。楊奉本來決定接受徐晃的建議，但因保駕被封大將軍的韓暹（ㄒㄧㄢ）眼看

3. 今中國山西省夏縣北部。
4. 中國古代爵名，在鄉之亭稱野亭，在城之亭稱都亭。
5. 君王向臣下發出的救駕命令。

其實不想走，其實我想留。

曹操權力越來越大，感覺自己即將失勢，故教唆楊奉一起劫駕，楊奉心動答應。

曹操領著軍隊保護著漢獻帝和眾臣，一路向開封前進，楊奉和韓暹（ㄒㄧㄢ）突然率軍出現，徐晃衝在最前面叫陣。曹操派許褚（ㄔㄨˇ）迎

跟了曹操，以前的辛苦就都白費了。
走，投奔曹操比較有前途。

戰，兩人勢均力敵，分不出勝負，曹操下令鳴金收兵[6]。

曹操覺得徐晃是一員猛將，他又興起廣納賢才的念頭，召集眾謀士商量怎樣才能收服徐晃。曹操的行軍從事[7]滿寵是徐晃的老朋友，他自告奮勇去當說客，說服徐晃歸附。

當晚，徐晃發現有人在他的帳前鬼鬼祟祟，一看竟是喬裝成小兵的滿寵，於是請滿寵進營帳。滿寵坐下後，真誠地勸說道：「楊奉、韓暹（ㄒㄧㄢ）之輩成

6. 以敲鑼當作信號，指揮兵士快速撤退。

7. 古代職官名，主管文書。

不了大事，曹將軍是當世英雄，又是出了名的愛才，您為什麼不乾脆棄暗投明，與曹將軍共同成就大業呢？」

徐晃認為滿寵說得有道理，於是連夜領著一隊自己的親信，和滿寵奔向曹操的營寨了。

8. 中國古代秦、漢、三國時期的武官官職。

9. 張遼、樂進、于禁、張郃（ㄏㄜˊ）、徐晃。

徐晃歸順曹操後，第一次領兵去平定卷縣、原武縣的賊軍就大勝，回來後被曹操封為裨（ㄅㄧˋ）將軍[8]，之後更成為曹操手下五子良將[9]之一，最輝煌的時期曾擊敗關羽，極受曹操重用。

歷史背景

時間：西元 197 年

地點：開封

主要人物：徐晃、楊奉、滿寵、曹操

典故

公何不棄暗投明，共成大業？（明羅貫中《三國演義》第十四回）

成語解釋

離開黑暗，投向光明。比喻與黑暗勢力斷絕關係、走向光明的道路。

近義詞

改邪歸正、棄惡從善、改過自新

反義詞

明珠暗投

造句

他深感朋友的行為已對社會造成危害，於是棄暗投明，決定舉報他們。

歷史小啟發

優秀的人才應該選擇能讓自己發揮才能的伯樂。做人善於審時度勢，選擇賢明的人輔佐，才能得到重用，充分施展自己的能力。如同故事中的徐晃，懂得審時度勢，也知道「良禽擇木而棲」，所以跟隨滿寵投奔曹操，終能締造輝煌的戰績。

成語接龍

棄		投	明	明		保	身
身	經		戰	戰	無		勝
勝		在	握	握		言	歡
歡	天		地	地	大	物	
	覽	群	書	書		世	家
家		戶	曉	曉	風		月

答案：暗、哲、百、不、券、手、喜、博、博、香、喻、殘

傾家竭產

我是為官清廉的董和，不是大奸臣董卓！

董和是東漢末年蜀漢的官員，他的祖輩原本是巴郡[1]江州[2]人。董和在治理郡縣時盡心盡力，取得了良好的政績。

漢朝末年，董和率領家族西遷，當時的益州[3]牧劉璋任命他為牛鞞（ㄅㄟ）縣[4]和江原縣[5]的縣長，兼任成都縣[6]縣令。

蜀地物產豐饒，當地人都很富裕，生活非常充實。但缺點是該

1. 古代行政區，在今中國重慶市和四川省部分區域。
2. 今中國重慶市。
3. 古地名，三國時期最大的三個州之一，在今中國西南一帶。
4. 古縣名，在今中國四川省簡陽市。
5. 古縣名，在今中國四川省崇州市。
6. 古縣名，位於今中國四川省成都市區。

區崇尚奢侈成風，經商的人家穿戴如同王公貴族，日常飲食也十分奢華，都是大魚大肉。婚喪喜慶時，人們一定要辦得特別盛大，好像要把所有的家產都花光似的。

董和不贊同這種崇尚奢侈的風氣。於是，他親自做表率，在生活、飲食上都非常節儉，穿著也不追求華麗，非常樸素。董和想，自

己只是小小的縣長，行為不能逾越身分，過得比貴族還要奢侈。

董和在生活中處處把符合禮制的行為當作準則，特地制定相關的法規。有這樣的縣長，老百姓也開始漸漸收斂，心存畏懼而不敢違犯。當地的風俗有了良好的轉變。

有刁民想害董大人！
告示

有人讚賞董和的做法，但也有些人反對。縣裡的豪強因害怕嚴厲法度，勸說劉璋將董和調走，去做巴東屬國[7]的都尉[8]。但是，由於董和在當地老百姓中口碑非常不錯，所以有數千官吏和老弱百姓互相攙扶請願，請求董和留下。劉璋見了這番情境，便允許董和留任兩年，後來還把他升任為益州太守。

董和沒有因升官而驕傲，還是像過去一樣節約，過著樸素的生活。他與少數民族交流時，總是用真心相待，所以南方少數民族也非常愛戴和信賴他。

大人，咱們買身新衣服吧！
這套補補還能穿嘛。

7. 東漢時劉璋分巴郡為巴東郡、巴郡、巴西郡及巴東屬國。

8. 東漢時武官官職，監理民政。

歷史背景

時間：不詳

地點：益州

主要人物：董和、劉璋

典故

蜀土富實，時俗奢侈，貨殖之家，侯服玉食，婚姻葬送，傾家竭產。（西晉陳壽《三國志 · 蜀書 · 董和傳》）

成語解釋

傾注全部身家，用盡了所有財產，形容在錢財上一無所有。

近義詞

傾家蕩產、一貧如洗、家徒四壁

反義詞

發家致富、家財萬貫、富甲一方

造句

他們一家人就算傾家竭產，也要治好長輩的病。

歷史小啟發

董和為官正直清廉，為人樸素節約，以一己之力糾正當地崇尚奢侈的不良風氣，也因此受到百姓們的愛戴。我們應當學習董和的美德，不浪費糧食，不浪費資源，不比較物質的享受，勤儉節約，樸素生活。此外更應當學習董和的品德，用真心待人，才能夠得到別人真誠相待。

成語接龍

四	面		歌
平		近	人
心	口		一
值	回		價

歌		升	平
人	面		心
一		不	值
價		物	美

答案：楚、舞、易、獸、不、文、票、廉

喜怒不形於色

純手工珍藏限量版草鞋，
買一只送一只！

這家要出貴人呀！

劉備是三國時蜀漢的開國皇帝。他自稱是漢景帝之子中山靖王劉勝的後人，由於先祖曾經犯錯，觸犯法律被削去爵位，最後在涿（ㄓㄨㄛˊ）縣安家。劉備少年喪父，與母親靠販賣草鞋和織蘆蓆為生。

在他家中庭院的東南角有一棵桑樹，桑樹枝繁葉茂，長得極其雄偉，枝葉如同馬車頂蓋，路過的人都覺得這棵樹長得非同一般，預言這戶人家將來會有顯貴的人。

劉備和同輩孩子一起玩耍時，指著這棵桑樹說：「我以後一定要乘坐羽葆蓋車[1]。」劉

1. 皇帝專用的座駕。

備的叔叔在一旁趕緊制止他說：「小孩子別亂說話，否則我們整個家族都得遭殃！」

劉備十五歲時，與同宗的劉德然、貴族子弟公孫瓚（ㄗㄢˋ），一起拜當時的學者盧植為師。劉備雖然知禮懂禮，卻不愛讀書，並且喜歡結交江湖上的豪俠義士，他身邊的人為此感到惋惜。漸漸地，劉備名氣越來越大，許多年輕人都爭相與他交朋

友、為他做事。不過，劉備在他人面前往往不會輕易表達自己的情緒。

隨著年齡增長，劉備喜怒不形於色的性格更加明顯。最能夠凸顯他這種性格的行為，當屬他與曹操一起煮酒論英雄的故事。

西元 199 年， 劉備先後敗於袁術和呂布，軍隊潰散，只好歸附曹操。他每天在府邸裡種菜，韜光養晦。一天，許褚（ㄔㄨˇ）和張遼帶了幾十個人到劉備的菜園裡，說丞相要請他喝酒。劉備覺得事情不單純，但也沒辦法推託，於是隨他們入府見曹操。曹操迎來劉備，高興地說：「看到這青梅，想起了以前行軍的時光，

又恰好煮了酒，所以邀請你來一同品嘗。」二人對坐，開懷暢飲。

爾後，不知不覺天色大變，烏雲滾滾，驟雨將至。曹操卻突然來了興致，和劉備談論起世間英雄，還請劉備談談自己的看法。劉備列舉淮南的袁術、冀州的袁紹、威鎮九州的劉表、江東領袖孫策等人，誰知都被曹操一一反駁。

劉備無奈，只得說：「我見識不多，除此之外，我實在是不知道還有誰了呀！」曹操大笑：「能稱為英雄的人，應該胸懷大志，腹有良謀，我看這世間英雄唯你我兩人嘍！」

聽了這話，劉備大驚，手裡拿的筷子和勺子都不禁掉在地上，但臉上並沒有太多表情。恰好這時大雨傾盆而下，雷聲震天響，劉備回過神來，才從容地低頭拿起筷子和勺子說：「哎喲，這鬼天氣把我嚇了一跳，筷子、勺子都掉了。」曹操雖心生疑惑，但這個理由也算合理，便沒再多想。

經過此事，劉備知道曹操開始忌憚（ㄉㄢˋ）自己，此次談話既是試探也是警告，後來便果斷脫離曹操的陣營。

這是什麼意思？難道下個要對付的目標是我嗎？這可怎麼辦啊？我慌了，誰來救救我。等等，不能慌。是開玩笑的吧？應該是隨便說說而已。
怎麼辦？
莫慌
No！
別殺我
嗚嗚嗚嗚～

歷史背景

時間：西元 199 年

地點：許昌

主要人物：劉備、曹操

典故

少言語，善下人，喜怒不形於色，好交結豪俠，年少爭附之。（西晉陳壽《三國志 · 蜀書 · 先主傳》）

成語解釋

無論是高興還是惱怒都不表現在臉色上。指人個性沉著，感情不外露。

近義詞

寵辱不驚、面不改色

反義詞

喜形於色、大驚失色

造句

政治人物多數喜怒不形於色，真猜不透他們的心思。

歷史小啟發

　　當你的夢想別人不認同，或者別人說你壞話的時候，你是否能夠不生氣？

　　喜怒哀樂不形於色顯現一個人的閱歷和性格，這不容易做到，畢竟人都有七情六欲，有什麼情緒就表現在臉上實屬正常。然而劉備年紀輕輕就可以做到喜怒不形於色，可見他城府之深；也因他從小吃了很多苦，太小就見識到當時社會的險惡。要做到喜怒不形於色，就得學會控制自己的情緒，讓自己變得成熟，遇到任何事情，都要先聽、再看、後想。不要急於表達個人的態度和觀點，行事前仔細思考再行動。

成語接龍

	而	後	動	動		不	得
得	意		形	形	單		孤
孤		寡	聞	聞		則	喜
喜		不	形	於	色		

答案：謀、彈、忘、影、陋、過、怒

萬全之策

我就守好荊州，你們
愛去別的地方就去！

劉表是東漢末年的皇族、名士，東漢末年群雄之一。後來，他遠交袁紹，近結張繡，勢力越來越大，成了曹操的心腹大患。但是劉表生性多疑，又喜歡誇誇其談，不喜歡開疆拓土，沒有像其他諸侯有平定天下的志向。

西元 198 年，曹操再次南征張繡，將他包圍在其據守的穰（ㄖㄤˊ）城[1]。劉表派兵增援張繡，企圖與張繡夾擊曹軍，戰爭持續了很久，雙方都各有勝負。在此期間，劉表趁機攻下零陵、桂陽兩郡。

---

1. 在今中國河南省鄧州市。

當時，劉表與交州[2]牧張津產生矛盾，兩人一言不合就開打，鬧到水火不容的地步。從西元 199 年開始，張津連四年對劉表出兵，讓劉表十分頭疼。

2. 中國古地名，在今中國廣東省、廣西壯族自治區及越南北部。

第二年，曹操與袁紹的軍隊對峙於官渡，曠世大戰一觸即發。當時，據守南陽的張繡，接受謀士賈詡（ㄒㄩˇ）的建議，向曹操投降。曹操牽著張繡的手，一起參加宴會，讓自己的兒子曹均娶張繡的女兒，並封張繡為揚武將軍[3]。

哼，張繡竟然
背叛我！

袁紹一看，也派人向劉表請求支援。但劉表正忙著和張津打仗，他一邊答應會幫忙，一邊又不正式派遣軍隊助戰。其實，他只希望在長江與漢水之間這片領地自保，坐觀天下之變。

劉表帳下的謀士韓嵩（ㄙㄨㄥ）對劉表說：「現在曹操和袁紹在官渡僵持不下，誰也不讓誰。決定天下如何發展的重擔，都在將軍您身上了。您若是希望在這個亂世有所作為，就應該趁著天下方亂而起事，或者選擇一個能夠領導天下的人幫助他。」

你們打你們的，
我就看看熱鬧。

3. 古代武官名，負責統兵出征。

同為謀士的劉先也勸劉表：「將軍現在坐著觀望，以後就不可能繼續從容自立了。依我看，曹操明事理，肯定能打敗袁紹。不如我們依附曹操，日後他必然會厚待將軍，這樣便可以長久享福，讓子孫的生活也安定，這才是真正的萬全之策。」

劉表狐疑不決，派遣韓嵩前去會見曹操，打探情況。韓嵩從許都回來後，對劉表說：「曹操有威信，有德行，是真正的明主。」他

還勸劉表派兒子過去為人質。劉表卻因此懷疑韓嵩反為曹操效力，大為憤怒，要殺韓嵩。等問及韓嵩的隨行者時，得知韓嵩只是說出肺腑之言，並沒有別的意思，才打消了殺韓嵩的念頭，但仍將他囚禁起來。

最終，劉表沒有選擇助袁或助曹，而是繼續專心經營荊州。這種態度雖然沒有讓他在官渡之戰中分得好處，但也為荊州營造了一個相對安全的環境，許多士民紛紛前往荊州避難，甚至包括諸葛亮。

歷史背景

時間：西元 199 年

地點：荊州

主要人物：劉表、張繡、曹操、韓嵩

典故

而道法萬全，智能多失。夫懸衡而知平，設規而知圓，萬全之道也。（戰國韓非《韓非子 · 飾邪》）

故為將軍計者，不若舉州以附曹公，曹公必重德將軍；長享福祚（ㄗㄨㄛˋ），垂之後嗣（ㄙˋ），此萬全之策也。（西晉陳壽《三國志 · 魏書 · 劉表傳》）

成語解釋

策：計策、辦法。形容極其周到的計策、辦法。

近義詞

錦囊妙計、萬全之計

反義詞

無計可施、權宜之計

造句

在這裡等待救援不是萬全之策，我們得自己想辦法逃出去。

歷史小啟發

關於劉表在官渡之戰中，沒有選擇幫助袁紹或者投靠曹操的做法，人們眾說紛紜。考量劉表當時的情況，他與張津本來就已連年交戰，如果再出兵加入官渡大戰，可能不是明智的選擇。但是，他在韓嵩找曹操談判後，卻不信任韓嵩，反而還要殺了他，就是他自身多疑的性格使然，這樣做辜負身邊真心為他做事的謀士。我們與人共事時，至少要對他們有基本的信任。

另外，很多人喜歡斤斤計較、處處抬槓，凡事非要爭個你對我錯，好像正確答案只有一個，而且只有自己的意見才正確。爭吵的結果，往往誰也說服不了誰，可能還會傷及朋友的情誼。其實，很多時候正確答案不只一個。

成語接龍

大		大	德	德	高		重
重		舊	好	好	事	多	
	杵	成	針	針	針	見	
血		大	口	口		腹	劍
劍		弩	張	張	冠		戴
戴		立	功	功	敗		成
成	千	上			全	之	策

答案：恩、望、修、磨、鐵、血、盆、蜜、拔、李、罪、垂、萬、萬

指囷（ㄐㄩㄣ）相贈

魯肅是三國時期東吳的名將，也是孫權非常信任的戰略家和外交家、政治家。

魯肅出身臨淮郡東城縣[1]的富庶家族，家產十分豐厚。他從小便非常聰明，能文善武，志向遠大。當時社會動盪，民不聊生。魯肅不顧家中情況，慷慨解囊捐出大量財物、糧食，給受苦受難的人，廣交有才學的賢士，深受鄉民擁戴。

西元 198 年，周瑜在袁術手下任職。因為不滿袁術目光短淺、驕橫無知，加上周瑜一直與江東的孫策交好，於是他自請調任居巢[2]縣

1. 今中國安徽省定遠縣。
2. 古地名，今中國安徽省巢湖市以南。

長，想乘機回江東找孫策。

周瑜任職居巢縣長期間，聽說魯肅是個不可多得的人才，很想結識他。有一天，周瑜帶著數百名士兵，故意從魯肅家門前經過，順路去拜訪他。一番寒暄過後，周瑜對魯肅說：「我初來乍到，軍中糧食有些緊缺，不知道您能不能借我一些？」

魯肅看周瑜氣宇軒昂，談吐不凡，早就有結交之心。一聽他要借軍糧，心想正好作個見面禮。於是，魯肅拉著周瑜來到自己存放糧食

的後院，指著兩個大糧倉說：「這裡有兩囷[3]（ㄐㄩㄣ）米，每囷三千石（ㄉㄢˋ）[4]左右，你隨便拿走一囷好了。」

周瑜一聽，非常感動。從此兩人便經常來往，成了非常要好的朋友。後來，戰亂很快蔓延到魯肅的家鄉附近，魯肅帶領族人舉家南遷，搬到周瑜所在的居巢尋求庇佑。最後周瑜帶著魯肅一起從居巢遷到吳郡，投奔孫策。

3. 圓形的穀倉。
4. 古代重量單位，一石約三十公斤。

主公，我把魯肅給您
騙，不，請來了。

孫策死後，孫權繼位，周瑜向他舉薦魯肅，並盛讚魯肅是個不可多得的人才。孫權見到魯肅，與他一番交談後，十分高興。後來兩人同榻合飲，孫權向魯肅請教治國的辦法，魯肅便向他提出鼎足江東的「榻上策[5]」。此後，孫權開始重用魯肅。

隨著時間推移，周瑜和魯肅的情誼越來越深，兩人對彼此也更加信任。西元 210 年，周瑜不幸染病，在彌留之際，他寫信給孫權，推薦魯肅接任自己大都督[6]的職位。

好朋友，一輩子！

5. 孫權和魯肅在榻上對飲時所提出的治國對策。

6. 指三國時期，東吳遇戰事臨時設置的軍事統帥。

歷史背景

時間：西元 198 年

地點：臨淮郡

主要人物：魯肅、周瑜、孫權

典故

瑜曰：「子敬是我恩人，想昔日指囷相贈之情，如何不救你？你且寬心住數日，待江北探細的回，別有區處。」（明羅貫中《三國演義》第五十四回））

成語解釋

囷：古時候裝糧食的倉庫。指著糧倉裡的糧食捐贈給對方，形容慷慨大方地幫助朋友。

近義詞

拔刀相助、慷慨解囊

反義詞

善財難捨、一毛不拔

造句

在疫情艱難的日子裡，熱情的鄰居指囷相贈，送給我們很多防疫和生活物資，使我們的情誼更加深厚。

歷史小啟發

從這個故事裡，我們看到魯肅與周瑜的深厚情誼。兩人本來素不相識，是魯肅慷慨大方、樂於助人，讓他結交了周瑜這位摯友。因為樂善好施，魯肅才能在日後遇到戰亂時，得到周瑜的庇護，甚至被周瑜引薦，進入東吳集團，成為重要的成員。每個人在生活中也應該要對周圍的人和事懷有善意，日後某一天，也可能從別人那裡收穫善果。

成語接龍

表		如	一	一		無	成
成	千		萬	萬	丈		淵
淵		流	長	長		大	論
論	功	行			心	悅	目

答案：裡、事、上、深、遠、篇、賞、賞

乘虛而入

劉曄（ㄧㄝˋ），淮南成德[1]人，是三國時期曹魏著名的戰略家。他料事如神，預測天下發展形勢往往一語中的（ㄉㄧˋ）。劉曄輔佐過曹操、曹丕、曹叡（ㄖㄨㄟˋ）三代君主，深得世人尊重。

汝南人許劭（ㄕㄠˋ）是東漢末年著名的人物評論家。最初，許劭被徵召為官，但他不願意去為自己認為的「小人」楊彪（ㄅㄧㄠ）做事，就跑到揚州避難。在那裡，許劭遇見劉曄，稱讚他有輔佐天下的才能。面對許劭的稱讚，劉曄有點不明所以。

時間過得真快，
一不小心混成
了三朝元老。

1. 古縣名。

我掐指一算，
你能成大事啊！
不好意思，
我沒錢。

當時，揚州有個叫鄭寶的人，不但十分好戰還很霸道，當地人都有點怕他。鄭寶想讓百姓都遷到江南去，他看中劉曄在當地的名望，就威逼劉曄支持他，煽動百姓遷居。劉曄想不到解決這個麻煩的辦法。恰好此時曹操派遣使者來到揚州，劉曄便找機會去拜見使者，還邀請使者到自己家中一住。

曹操派遣的
使者來了。
哈哈，來得
真是時候！

鄭寶也想向使者獻殷勤，得知使者在劉曄家後，就帶大隊人馬和禮品前來問候。劉曄讓家裡的僕人在中門外備好酒菜供賓客用餐，隨後就把鄭寶拉進房間喝酒，想趁他喝醉殺了他。誰知鄭寶不喜歡喝酒，根本沒有醉。劉曄只好直接動手。

得知鄭寶已死，跟著鄭寶一起來的幾百人逃回軍營。劉曄擔心此事引起士兵造反，就到軍營中去遊說、安撫他們。眾人十分欽佩，擁戴劉曄坐上了鄭寶的位置。但劉曄不想擁兵，便把他們託付給了廬江太守劉勳。

當時，劉勳在江淮實力超群，孫策感到威脅，就假裝與他結盟想利用劉勳的兵去攻打上繚（ㄌㄧㄠˊ）城[2]，自己坐收漁翁之利。劉勳沒有多想，答應了孫策。在其他人都來恭賀劉勳受到孫策重用的時候，劉曄始終覺得事情沒那麼簡單。

也太好騙了！

劉勳不解，劉曄解釋道：「上繚雖然小，但城池堅固，易守難攻，短短十幾天很難攻克，到時候將士們都筋疲力盡，萬一孫策乘虛而入，襲擊我們，那豈不是很難抵擋？到時候我們前有上繚，後有孫策，肯定很不利啊！」

我覺得孫策這是
不懷好意啊！
你想太多了吧？

2. 位於今中國江西省北部。

劉勳不相信，堅持出兵去上繚，果然被孫策乘虛而入。劉勳被逼，只好投奔曹操，劉曄也一起跟隨他前往，開始輔佐曹操。

孫策你這個騙子！人與人之間最起碼的信任呢？
曹
孫

歷史背景

時間：西元 199 年

地點：廬江

主要人物：劉曄、劉勳、孫策

典故

勳問其故，對曰：「上繚雖小，城堅池深，不可旬日而舉，則兵疲於外，而國內虛。策乘虛而襲我，則後不能獨守。是將軍進屈于敵，退無所歸。若軍必出，禍今至矣。」（西晉陳壽《三國志・魏書・劉曄傳》）

成語解釋

挑選敵人兵力薄弱的地方進攻，現在多指趁著對手沒有防備或者防備薄弱主動出擊。

近義詞

乘人之危、攻其不備

反義詞

無懈可擊、無隙可乘

造句

如果不勤加鍛鍊，提升抵抗力，病菌就會乘虛而入，損害我們的身體健康。

歷史小啟發

孫策讓劉勳的軍隊去攻打上繚，目的就是盡可能消耗戰士們的精力，自己再乘虛而入。孫策這種做法辜負了劉勳的信任，非常卑鄙，我們應當引以為戒。但同時，我們也要從劉勳身上吸取教訓，要聽取別人合理的建議，不能意氣用事，看事情考慮多種可能性，全面地思考問題。

顧曲周郎

周瑜是三國時期的名將，也是一位出色的軍事家。他出身名門，不僅文武兼備，還精通音律。加上他本人身材高大，容貌俊美，所以被人們親暱地稱為「周郎」，是當時人們熱捧的偶像。

周瑜年輕時和孫策關係十分要好。孫策在江東起兵後，周瑜果斷加入。孫策聽聞周瑜到來，親自出城迎接，授周瑜為建威中郎將[1]，調撥大量士兵、戰騎給他。此外，孫策還賜給周瑜鼓吹樂隊，替他修建住所，賞賜之豐厚，無人能與之相比。

1. 古代的武官名。

周瑜和孫策並肩打敗揚州牧劉繇（ㄧㄠˊ），逐漸平定了江東。後來，孫策帶兵襲取廬江，攻取揚州廬江郡的皖（ㄨㄢˇ）城後，虜獲喬太守家的喬氏姐妹。孫策娶了姐姐大喬，將妹妹小喬許給周瑜。傾國傾城的小喬和英俊瀟灑的周瑜在一起，眾人頻頻稱讚。

有一天，天氣晴朗，陽光明媚，孫策、周瑜分別帶夫人踏青歸來，看到有一位歌女正在彈曲。當時周瑜喝了酒，有些醉意，見有歌女彈曲，便命她彈奏一曲自己創作的〈長河吟〉。

歌女不敢怠慢，很快便彈奏起來。起初音樂悠揚，後來逐漸變得抑揚頓挫，引人入勝。由於歌女並不熟悉此曲，加上聽曲的人位高權重，所以彈奏時心裡緊張，手一顫，把原本的低音彈成高音。

此時，另外三人都還沉浸在音樂中，微醺的周瑜卻聽出不對勁，指出歌女的錯誤。孫策、大喬和小喬都很驚訝，沒想到喝醉酒的周瑜居然還能指出曲子錯在哪裡。

從此，周瑜的才氣更加出名，天下便流傳著「曲有誤，周郎顧」的故事。

怎麼彈錯了
一個音？
這都聽得出來？
厲害厲害！

歷史背景

時間：不詳

地點：吳郡

主要人物：周瑜、孫策、大喬、小喬

典故

瑜少精意於音樂，雖三爵之後，其有闕誤，瑜必知之，知之必顧，故時有人謠曰：「曲有誤，周郎顧。」（西晉陳壽《三國志 · 吳書 · 周瑜傳》）

成語解釋

原指三國時期的周瑜精通音律，後來引申為愛好並且精通音樂的人。

近義詞

繞梁三日、高山流水

造句

這位鋼琴演奏家從小就表現出超高的音樂天賦，在國際音樂大賽中屢屢獲獎，讚嘆她一聲「顧曲周郎」也毫不為過。

歷史小啟發

周瑜能在醉酒的情況下，聽出演奏者彈錯哪個音，除了因為周瑜有著超高的音樂造詣外，肯定還源於他本人對自己的樂曲非常熟悉。這告訴我們，想要提高自己的能力，需要不斷重複練習與記憶，這樣方可熟能生巧，即便在不利的環境下也能正常發揮。

成語接龍

	曲	周	郎	郎		女	貌
貌		神	離	離	合		歡
歡	天		地	地		天	長
長		不	老	老	氣		秋
秋	高	氣			心	豁	目
目		口	呆	呆	若	木	

答案：顧、才、合、悲、喜、久、生、橫、爽、爽、瞪、雞

開門揖盜

東漢末年，有一位傑出的軍事家叫孫權，他的父親孫堅和哥哥孫策也是那時有名的軍事奇才。

西元 196 年，二十一歲的孫策平定江東諸郡，十五歲的孫權也已賢名遠揚。當時，孫權不僅被朝廷任命為陽羨[1]縣長，還被吳郡[2]太守朱治察舉為孝廉[3]，揚州刺史嚴象推舉為茂才[4]。

東漢朝廷考慮到孫策遠在江東，還能盡到臣子的職責交納貢物，便派遣使者劉琬賜予他爵位。見面之後，劉琬對身邊的人說：「我看

1. 今中國江蘇省宜興市。
2. 在今中國江蘇省蘇州市姑蘇區。
3. 漢代經推舉任官的士人。
4. 東漢時期的秀才。

看相算卦，
不準不要錢！

孫家兄弟雖然個個才華出眾，深明事理，但富貴與壽命都不會長久。只有老二孫權，紫髯（ㄖㄢˊ）碧眼，樣貌奇異不同於凡人，是大貴之相，壽命也是最長的。你們可以等看我的話靈不靈驗。」

這期間，前吳郡太守許貢失勢之後，一直謀劃奪回吳郡。於是，他偷偷向朝廷上表說，孫策驍（ㄒㄧㄠ）勇善戰，如果放任他勢力擴大，終將會變成朝廷和曹操的禍患，建議將孫策調到京師，以便控制他。這封奏表被孫策截獲，他下令絞殺了許貢。

你這老頭壞得很啊！

西元 200 年，年僅二十六歲的孫策意氣風發，統一江東。當時曹操和袁紹在官渡對峙，孫策祕密謀劃趁機襲擊許都，迎漢獻帝至江東。不料，卻在一次狩獵時被許貢門客行刺，不久便傷重含恨而終，軍政大權轉移到孫權手裡。

面對哥哥突然離世，孫權悲痛不已，天天以淚洗面。孫策的屬下張昭對孫權說：「現在是哭的時候嗎？你不妨想想從前即便是周公訂立的喪禮，他的兒子伯禽也沒有遵守。他是不

想遵守嗎？當時徐戎[5]作亂，他只能停止服喪率兵討伐，最後平定了徐戎。如今曹操挾天子以令諸候，各地叛亂紛起，你卻要在這裡沉迷於發洩個人悲痛，這無異於打開門戶，等著強盜上門，這樣做萬萬稱不上『仁』！」

孫權聽了張昭的話，立刻換掉身上的喪服，外出巡查軍營。慢慢地，張昭、周瑜等人都認可孫權的努力，認為可以與他一起成就一番大事業，心甘情願臣服於他。

後來，東吳漸漸人心穩定，不斷壯大，與魏、蜀形成了三國鼎立的局面。

5. 周代居住在今徐州一帶的少數民族。

歷史背景

時間：西元 200 年

地點：建業

主要人物：孫權、張昭、孫策、許貢

典故

況今奸宄（ㄍㄨㄟˇ）競逐，豺狼滿道，乃欲哀親戚，顧禮制，是猶開門而揖盜，未可以為仁也。（西晉陳壽《三國志・吳書・吳主傳》）

成語解釋

開門請強盜進來。比喻引來壞人，招來禍患。

近義詞

引水入牆、引狼入室

反義詞

拒之門外、如臨大敵

造句

你住平房，晚上睡覺還不關窗戶、不鎖門，簡直就是開門揖盜。

歷史小啟發

哥哥突然離世後，孫權沉浸在悲痛中無法自拔。但被張昭訓斥後，立即明白當下並不是悲傷的時候。周圍強敵環伺，自己最應該做的是振奮精神，保護父兄辛苦贏得的戰果。否則，自己消極放棄抗爭，等其他諸侯攻打過來，就什麼都沒有了。

危急存亡之際，不能只顧自己的個人情緒，而對外在環境疏於防範。對於個人而言，要時刻保持警惕之心，學會保護自己。

成語接龍

開	門		盜	盜		主	人
人		世	故	故	弄		虛
虛	張		勢	勢		破	竹
竹		平	安	安	居	樂	

揖、怨、情、玄、聲、如、報、業

知識館　知識館 系列 035

超有趣！看漫畫學三國成語

① 董卓亂政・群雄割據

作　　　者　郭珮涵
審　訂　者　李文成
語 言 審 訂　張銀盛（臺師大國文碩士）
封 面 設 計　楊雅期
內 文 排 版　許貴華・theBAND・變設計— Ada
行 銷 企 劃　蔡雨庭・黃安汝
出版一部總編輯　紀欣怡

出　　　版　采實文化事業股份有限公司
執 行 副 總　張純鐘
業 務 發 行　張世明・林踏欣・林坤蓉・王貞玉
國 際 版 權　劉靜茹
印 務 採 購　曾玉霞
會 計 行 政　李韶婉・許俽瑀・張婕莛
法 律 顧 問　第一國際法律事務所　余淑杏律師
電 子 信 箱　acme@acmebook.com.tw
采 實 官 網　www.acmebook.com.tw
采 實 臉 書　www.facebook.com/acmebook01
采實童書粉絲團　www.facebook.com/acmestory

I S B N　978-626-349-936-2
定　　　價　380 元
初 版 一 刷　2025 年 5 月
劃 撥 帳 號　50148859
劃 撥 戶 名　采實文化事業股份有限公司
104 台北市中山區南京東路二段 95 號 9 樓
電話：(02)2511-9798　傳真：(02)2571-3298

國家圖書館出版品預行編目 (CIP) 資料

超有趣！看漫畫學三國成語 . 1, 董卓亂政 .
群雄割據 / 郭珮涵著 . -- 初版 . -- 臺北市 :
采實文化事業股份有限公司 , 2025.05
152 面 ; 23*17　公分 . -- (知識館系列 ; 35)
ISBN 978-626-349-936-2(平裝)

1.CST: 漢語 2.CST: 成語 3.CST: 通俗作品

802.1839　114001349

作者簡介

郭珮涵

中國北京師範大學附屬實驗中學國際部。音樂與寫作愛好者，尤愛歷史，對歷史有深刻的理解，有多部作品發表於報刊。

審訂者簡介

李文成

1993 年生，就讀國立臺北大學財政學系、國立中央大學歷史研究所。高中歷史老師，《一歷百憂解》Podcast 製播人。

《一歷百憂解》為 Apple podcast 熱門排行榜節目，亦常是歷史 TOP1。

- Podcast：一歷百憂解
- Facebook：李文成
- IG：0612ray、placebo_salon